목 차

기초 스페인어

1 온두라스의 국민영웅 렘삐라를 만나기 전, 간단한 스페인어를 배워 볼까요?

💬 안녕하세요. (가장 기본적인 인사말)
Hola! 올라!

💬 안녕! 잘가! (헤어질 때 하는 인사말)
Adiós! 아디오스!

💬 감사합니다.
Gracias. 그라시아스

💬 천만에요.
De nada. 데 나다

💬 죄송합니다.
Lo siento. 로 시엔토.

💬 나는 ...입니다. (예: Yo soy Summer. 나는 써머 입니다.)
Yo soy... 요 소이..

💬 만나서 반갑습니다. (남성이 말할 때는 "encantado", 여성이 말할 때는 "encantada")
Encantado. / Encantada. 엔칸타도. / 엔칸타다.

스페인어의 장점
1. 규칙적인 발음, 알파벳과 발음 사이의 관계가 명확함.
2. 문법이 단순한 편임.
3. 영어와 공통점이 많음.

한국어로읽는
온두라스
동화 워크북

다문화동화, 이중언어교실

아리야, 놀자 3

글·그림

ah
asianhub
(주)아시안허브

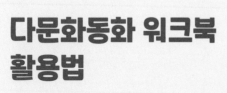

다문화동화 워크북
활용법

이 워크북은 다문화가정 엄마가 직접 만든
온두라스 동화 '국민영웅 카시캐 렘삐라'와 세트로 구성하였습니다.
동화책을 읽고 중앙아메리카에 위치한
온두라스 문화와 한국 문화를 비교하여 독후 노트도 작성하고,
스페인어도 배워보는 1석 2조 체험 프로그램입니다.

활   동

① 동화책을 한국어로 소리 내어 읽어보세요.

② 동화책 내용에 대해 한국어로 이야기 합니다.

③ 독후 노트 내용을 함께 생각하면서 글로 작성하고 토론해봅니다.

④ 스페인어로 인사하기

⑤ 선생님이 온두라스 언어인 스페인어로 동화책을 읽어줄 거예요.

⑥ 동화책에 나오는 스페인어 단어를 선생님과 읽고, 쓰고 그림으로도 표현해봅니다.

💬 안녕, 어떻게 지내?
Hola, ¿cómo estás? 올라, 꼬모 에스따스?

💬 제 이름은 [○○○]입니다.
Me llamo [○○○]. 메 리아모 [○○○].

💬 당신은 어느 국적인가요?
¿Cuál es tu nacionalidad? 꾸알 에스 투 나시오날리다드?

💬 어디에 사나요?
¿Dónde vives? 돈데 비베스?

💬 지금 몇 시인가요?
¿Qué hora es? 께 오라 에스?

💬 만나서 반갑습니다.
Mucho gusto. 무초 구스토.

💬 죄송합니다.
Lo siento. 로 시엔토.

Encantado.

Encantada.

2 스페인어 숫자, 많이 들어본 것 같지 않나요? 따라 써 봐요!

1 uno 우노   uno uno uno uno uno

2 dos 도스   dos dos dos dos dos

3 tres 뜨레스   tres tres tres tres tres

4 cuatro 꽈뜨로   cuatro cuatro cuatro

5 cinco 싱코   cinco cinco cinco cinco

6 seis 세이스   seis seis seis seis seis

7 siete 시에떼   siete siete siete siete

8 ocho 오초   ocho ocho ocho ocho

9 nueve 누에베   nueve nueve nueve

10 diez 디에즈   diez diez diez diez

3 타임머신을 타고 과거로 가서, 국민영웅 카시캐 렘삐라를 만난다면,
어떤 대화를 하고 싶으세요? 스페인어로 적어주세요!

'국민영웅 카시캐 렘삐라'를 읽고

독후활동

1 주인공 취재하기

이름	
생년월일	
태어난 지역	
특징	
성격의 장점	
성격의 단점	
내가 본받고 싶은 점	
내가 도움을 주고 싶은 점	

나는 (　　　　　　　　　　　　　　　　　)한 사람입니다.

그래서, (　　　　　　　　　　　　　　) 장점이 있습니다.

💬 나의 장점 쓰기

....

....

....

....

💬 내 장점을 활용해서 의미 있는 일을 했던 기억 적어보기

....

....

....

....

3 장점 꽃밭 만들기

💬 우리 반 친구 이름을 적고, 장점을 적어서 예쁘게 색칠을 해 봅니다.

4 나만의 영웅 그리기

💬 나만의 영웅을 그린 후, 그 인물의 스토리를 적어보세요.

5 동화를 읽고 동시를 써 볼까요?

내 친구

　　　　　　　　　　　은/는 나만의 영웅

　　　　　　　　　　　한 내 친구

내 친구

　　　　　　　　　　　은/는 나만의

💬 **창작 시 써보기**

6 친구사랑 통장

하루에 한 개 이상 자신이 실천한 친구사랑을 찾아 통장에 기록해보세요.

날짜	가족사랑	친구의 영웅이 되어준 이야기
5월 5일	나눔	친구에게 연필을 빌려 줌
5월 6일	협동	친구 짐을 같이 들어 줌

온두라스 이해하기

온두라스 공화국
Honduras共和國

중미 중심부에 위치하며 면적은 중미 지역에서 두 번째로 큰 112,492㎢로서 북으로 카리브해, 남으로 태평양을 접하고 있다. 국토의 70%는 산악으로 이루어져 있으나 해안지역과 니카라과 국경지역에 일부 평야 지대가 있어 각종 농작물 재배가 이루어지고 있다.

온두라스 인구의 85%는 카톨릭이고 10%가 기독교인 것으로 알려져 있으나, 카톨릭과 기독교 차이를 인식하지 못하거나 자신의 종교에 대한 정확한 정체성이 없는 사람이 많다. 최근 들어 활발한 개신교 종파들의 포교활동으로 개신교 인구가 많이 증가하고 있는 추세이다.

중부 산악 지대에는 소나무 등 온대림이 우거져 있고, 동부와 북부 카리브 지역에는 열대우림이 발달해 있다. 특히 북동부 La Mosquitia지역의 Platano강 유역은 열대 우림이 발달해 있어 1982년 UNESCO가 생태 보존 구역으로 지정하였다.

이렇게 온대와 열대 기후가 공존함에 따라 630 종이 넘는 난초를 포함해 6,000 여종의 식물이 분포되어 있다. 그리고 250 여종의 파충류 및 양서류, 700 여종의 조류, 110 여종의 포유류 등 다양한 육상 생태계가 형성되어 있다.

해양 생태계도 세계에서 두 번째로 큰 산호초 군락지대(Meso America Barrier Reef)가 분포해 있어 새우, 열대어 등이 풍부하고 상위포식자인 돌고래, 고래, 상어 등도 많이 서식하고 있다.

예술적으로도 마야 문명과 서양 문화가 혼합된 중미 특유의 미술, 음악, 문학 세계를 보여 주고 있다.

중미에서는 일반적으로 옥수수가 주식으로 특히 인디오 원주민들은 신이 옥수수로 인간을 만들었으며 이 옥수수 인간들이 신과 같은 지혜와 힘을 가지게 되어 신들을 위협하게 되자 인간을 남녀로 분리했다는 신화가 있다. 이러한 옥수수 음식의 대표로 Tortilla(또르띠야), Taco(따꼬), Tamal(따말) 있다.

온두라스에는 이러한 중미의 일반적인 음식 외에도 현지 전통음식과 스페인식 음식의 퓨전(Fusion) 형태의 음식도 다양하게 발달되어 있다.